Pia Plankensteiner / Adina Seeger

# Was hat die Verfassung mit mir zu tun?

Ein Comic über die Spielregeln unseres Zusammenlebens

Mit Nachworten von Alexander Van der Bellen und Christoph Grabenwarter

Wien 2024
MANZ'sche Verlags- und Universitätsbuchhandlung

„Österreich ist eine demokratische Republik. Ihr Recht geht vom Volk aus."

Das steht in der österreichischen Verfassung!
Kenn ich nicht.
Schwarzwälder Kirschtorte
Baiser
(gesprochen Besee)

# Was ist die Verfassung?

**Garantiert: FREIHEIT, GLEICHHEIT, DEMOKRATIE, RECHTSSTAAT**

Besteht aus sehr vielen Teilen

**VERFASSUNG**

Regelt, wie der Staat funktionieren soll

Grundlage für alle Gesetze

Inhalte aus 3 Jahrhunderten!

# Wie ist die Verfassung entstanden?

Nach dem Ersten Weltkrieg ...

Der war 1914–1918!

... ist die Monarchie zusammengebrochen. Österreich wurde eine demokratische Republik.

# VORHER: MONARCHIE

NACHHER: DEMOKRATIE
Volk
WIR bestimmen!

Und dieser Staat
brauchte eine neue
Ordnung: eine *Verfassung*.
Daran arbeiteten viele
Personen.
Eine wichtige Rolle
spielte dabei Hans Kelsen.

# Wer war Hans Kelsen?

Sehr wichtiger Rechtswissenschaftler

Hat um 1920 an der Verfassung gearbeitet

Musste 1940 wegen seiner jüdischen Herkunft vor den Nazis in die USA fliehen

War für Demokratie und Frieden

War Richter am Verfassungsgerichtshof

# Was ist der Verfassungs-gerichtshof?

Die Idee für den Verfassungsgerichtshof kam von Hans Kelsen.

Der Verfassungsgerichtshof, kurz *VfGH*, ist ein Gericht. Er kontrolliert die Einhaltung der Verfassung. Er kann Gesetze, Entscheidungen, Verordnungen und Wahlen aufheben.

Heute 14 Richter:innen

# Was hat die Verfassung mit mir zu tun?

Das würd' ich auch gern mal wissen!

Viel! Sie regelt nicht nur, wie unser Land – also der Staat – funktionieren soll, sondern sie gibt uns allen auch Rechte.

Rechte?

# Was sind Rechte?

Rechte beschreiben, was du darfst und was du *nicht* akzeptieren musst. Und sie legen fest, was du vom Staat verlangen kannst.

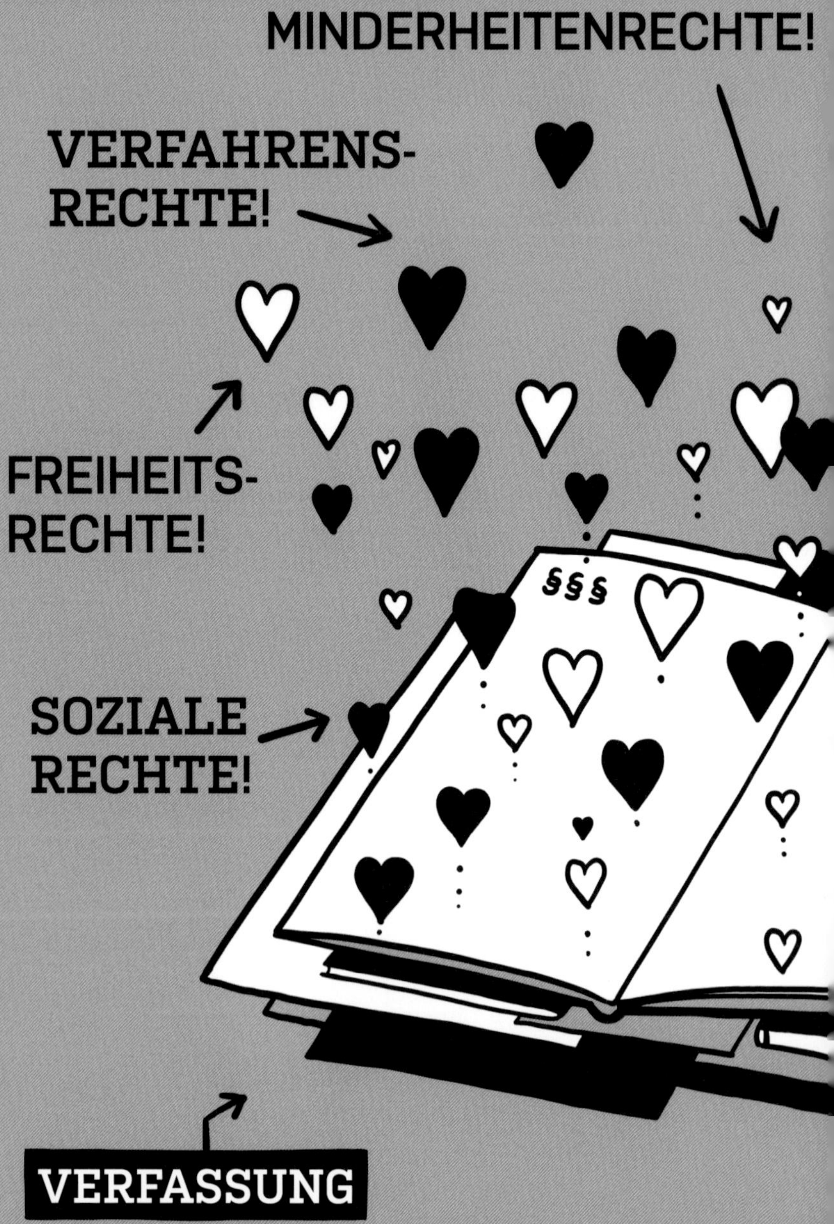
MINDERHEITENRECHTE!
VERFAHRENS-
RECHTE!
FREIHEITS-
RECHTE!
SOZIALE
RECHTE!
§§§
VERFASSUNG

**MITBESTIMMUNGS-RECHTE!**

**GLEICHHEITS-RECHTE!**

Diese Rechte gab es nicht schon immer. *Menschen kämpfen teils jahrhundertelang für ihre Rechte!*

**z. B. →**

# Kampf ums Frauenwahlrecht

**1848:**
3.000 Arbeiterinnen demonstrieren
bei der ersten Frauendemonstration
gegen unfaire Bezahlung

**1919:**
Die ersten
8 Frauen werden
Abgeordnete zum
Nationalrat

**1918:**
Wahlrecht für
Frauen

# Kampf um Volksgruppenrechte

**1955:**
Österreich verpflichtet sich zu Schutz und Förderung ethnischer und sprachlicher Minderheiten und Gruppen

**1977:**
Anerkennung der kroatischen, der slowenischen, der tschechischen und der ungarischen Volksgruppe

**1992:**
Anerkennung der slowakischen Volksgruppe

**1993:**
Anerkennung der Volksgruppe der Roma

**2001:**
Zweisprachige Ortstafeln in Kärnten erkämpft

# Kampf um Lesben- und Schwulenrechte

**1868:** Der Begriff „homosexuell" wird erfunden

**1971:** Homosexuelle Handlungen unter Erwachsenen sind nicht mehr verboten

**1996:** Erste Regenbogenparade mit 25.000 Teilnehmer:innen in Wien

**2005:** Verfolgte Homosexuelle werden als Opfer des Nationalsozialismus anerkannt

**2019:** Ehe für alle

Danke, Leute!
Für euren Mut und euren Einsatz!

Ja! Das heißt aber nicht, dass die Kämpfe vorbei sind. Für vieles braucht es auch heute noch Mut und Einsatz!

# Was ist Freiheit?

Darunter versteht sicher jede Person etwas anderes …

Stimmt.
Die Verfassung schützt aber Freiheiten von uns allen.

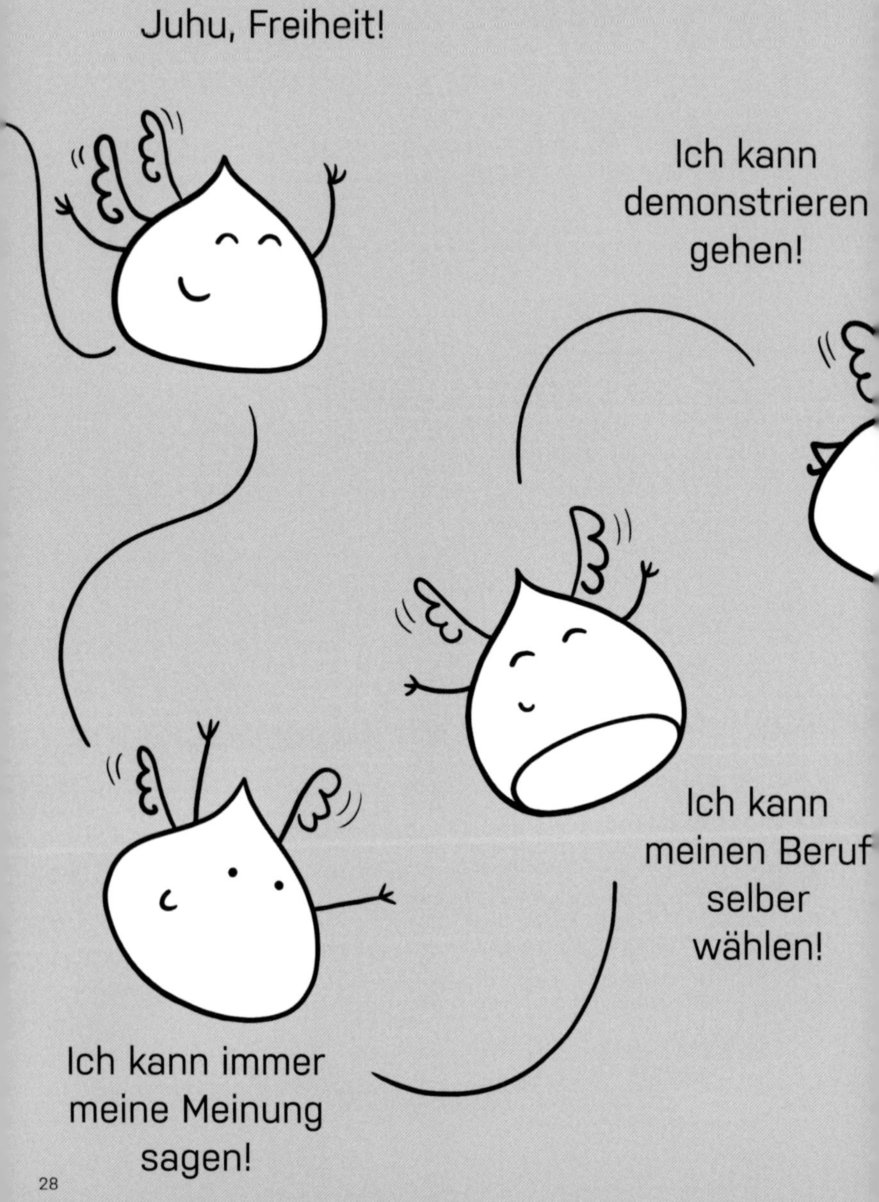
Juhu, Freiheit!
Ich kann demonstrieren gehen!
Ich kann meinen Beruf selber wählen!
Ich kann immer meine Meinung sagen!

Ich kann MACHEN, WAS ICH WILL!!
Ich kann jede Religion haben!
HIER ENDET DIE FREIHEIT
Wieso??

Deine Freiheit endet jedenfalls dort, wo sie die Freiheit anderer Personen verletzt. Zum Beispiel ist es in Österreich verboten, zu Gewalt aufzurufen oder Hass zu verbreiten. Das beschränkt zwar die Meinungsfreiheit, schützt aber die anderen.

# Was ist Demokratie?

In einer Demokratie bestimmt die Mehrheit, nicht die Stärksten oder Reichsten. Aber Mehrheiten können wechseln. Dadurch kann sich auch die Politik ändern.

Dafür gibt's in jeder Demokratie Wahlen.

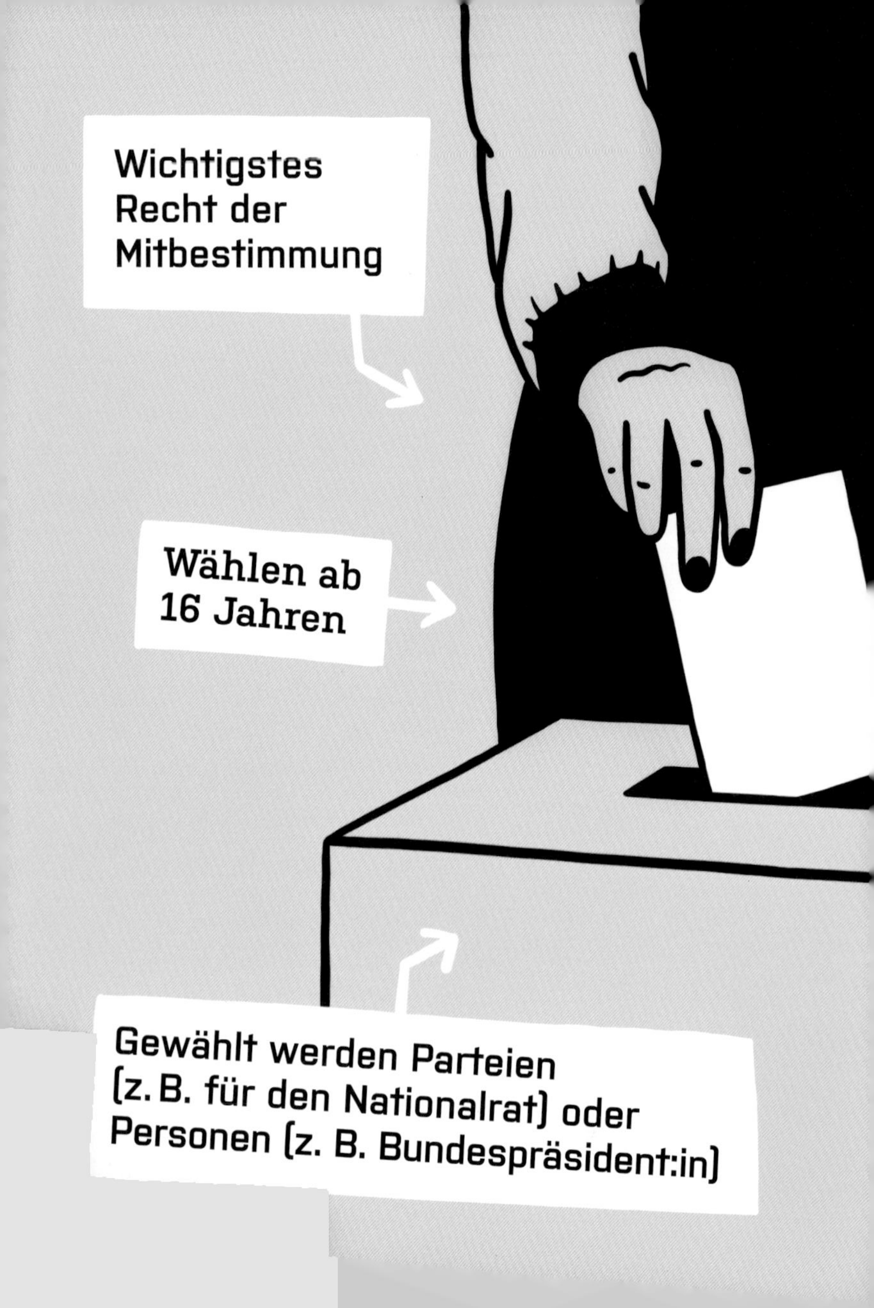
Wichtigstes Recht der Mitbestimmung
Wählen ab 16 Jahren
Gewählt werden Parteien (z. B. für den Nationalrat) oder Personen (z. B. Bundespräsident:in)

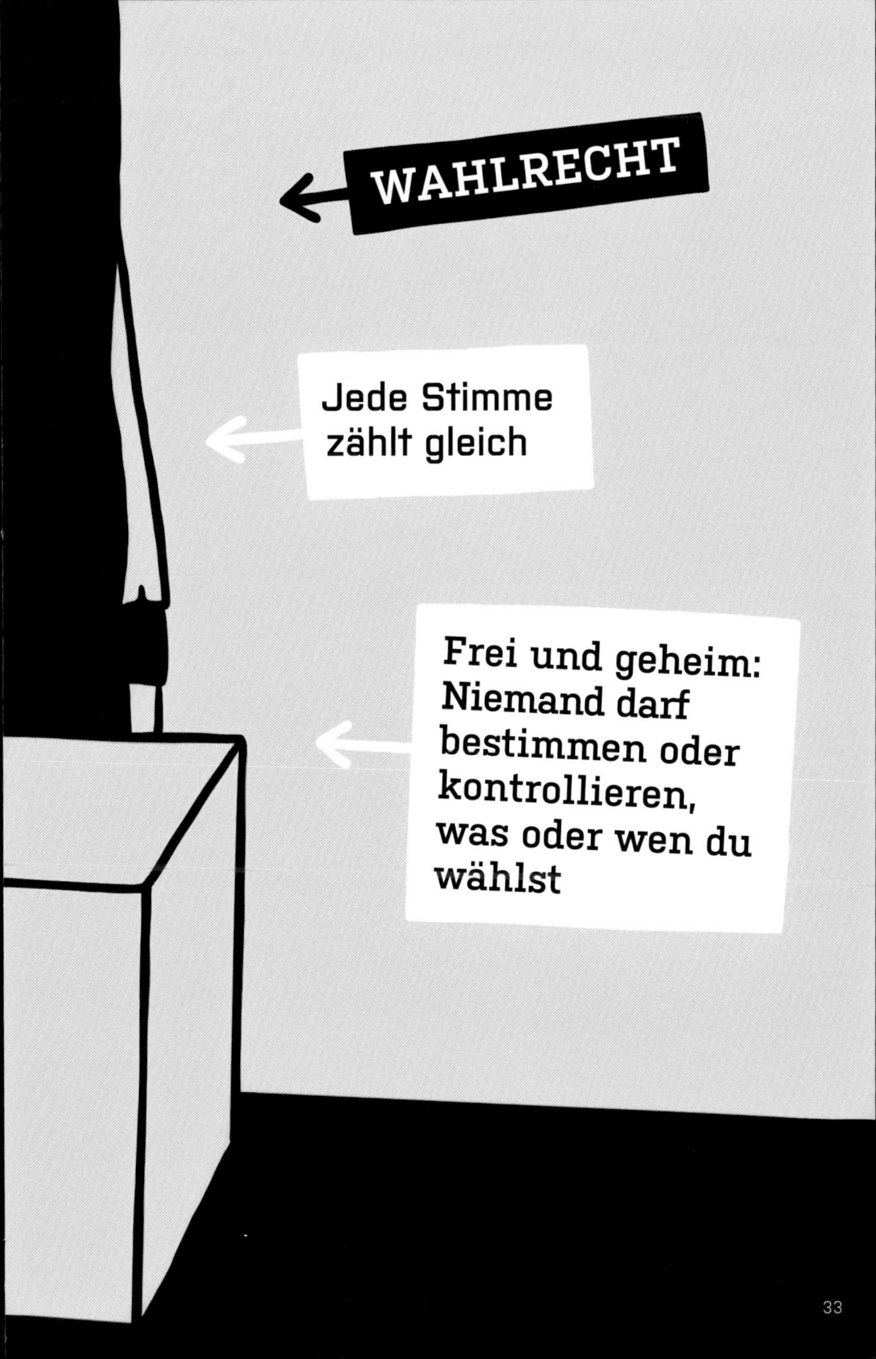
WAHLRECHT
Jede Stimme zählt gleich
Frei und geheim: Niemand darf bestimmen oder kontrollieren, was oder wen du wählst

# 1,5 Millionen Menschen

**Sind nicht wahlberechtigt in Österreich**

**Leben hier, haben aber nicht die österreichische Staatsbürgerschaft**

***Kein Wahlrecht ohne Staatsbürgerschaft***

Wien ist am stärksten betroffen:

Nicht-Wahlberechtigte in Wien

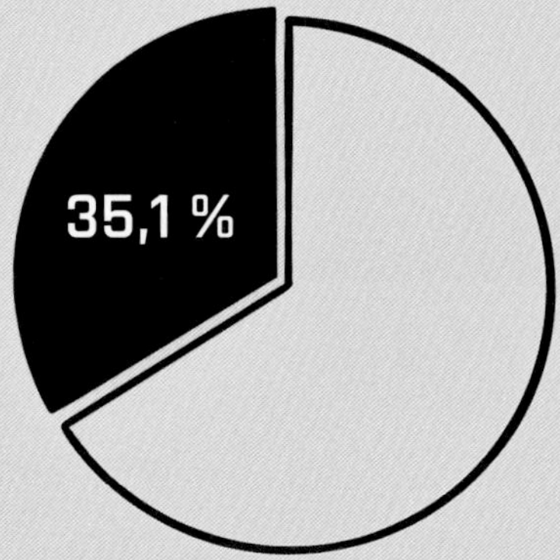


Und es werden immer mehr: In Wien dürfen schon 41% der 16- bis 24-Jährigen nicht wählen!

Wenn so viele Leute nicht wählen dürfen, hat die Demokratie aber ein Problem.

Ohne die österreichische Staatsbürgerschaft darf man in Österreich nicht wählen. Aber die zu bekommen ist sehr schwierig und teuer. Sogar für Menschen, die schon ihr ganzes Leben in Österreich sind.

Ich finde, wer lange in Österreich lebt, soll auch mitbestimmen können!

Ganz meine Meinung. Das wär' möglich, wenn alle das Wahlrecht bekämen, die hier lange wohnen. Oder wenn es leichter wird, die Staatsbürgerschaft zu bekommen.

Aber Demokratie ist mehr als wählen gehen. Du kannst z. B. deine Meinung sagen und dich für etwas einsetzen.
Ah, *politisches Engagement*.

# Was ist Gleichheit?

Ja, stimmt, aber *gleichwertig*. Das heißt, wir sind zwar alle verschieden, aber der Staat muss uns gleichwertig behandeln. Außerdem dürfen wir nicht aufgrund bestimmter Merkmale benachteiligt werden.

# DISKRIMINIERUNG IST VERBOTEN!

Egal welches GESCHLECHT,
welche HAUTFARBE,
welche HERKUNFT,
welche RELIGION,
welche KLASSE,
welche SEXUELLE
ORIENTIERUNG
ein Mensch hat oder
welche SPRACHE er spricht!
Und niemand darf wegen
einer BEHINDERUNG
benachteiligt werden!

Wozu steht das in der Verfassung drinnen, wenn es trotzdem ÜBERALL Diskriminierung gibt?

Weil es *in der Verfassung steht*, können Menschen sich gegen Diskriminierung wehren! Nämlich vor Gericht.

# Was ist der Rechtsstaat?

er Staat
arf nur so
andeln,
wie es die
Verfassung
vorgibt

Gerichte
sollen allen
zu ihren
Rechten
verhelfen

Gerichte entscheiden über Konflikte
zwischen einzelnen Personen und
zwischen Personen und dem Staat

Im Rechtsstaat
*haben* Menschen
Rechte und
können sie auch
*durchsetzen*.

Also wenn meine Rechte
verletzt werden, gehe ich
vor Gericht?

Genau!
So wie hier!

# Wenn du im Netz beschimpft wirst …

Wenn dein:e Chef:in dir deinen
Lohn nicht zahlt …

Wenn du aus rassistischen Gründen nicht in den Club reinkommst ...
CLUB
Betreiber:in geklagt – Recht bekommen, SCHADENERSATZ ERHALTEN!

Wenn ein Gesetz deine Grundrechte – also die Rechte, die in der Verfassung stehen – verletzt, gehst du vor den Verfassungsgerichtshof (VfGH). Der prüft, ob Gesetze gegen die Verfassung verstoßen.

z. B. →

# Kopftuchverbot in Volksschulen verletzt die Religionsfreiheit

# Bevorzugung von Menschen mit Behinderung ist erlaubt

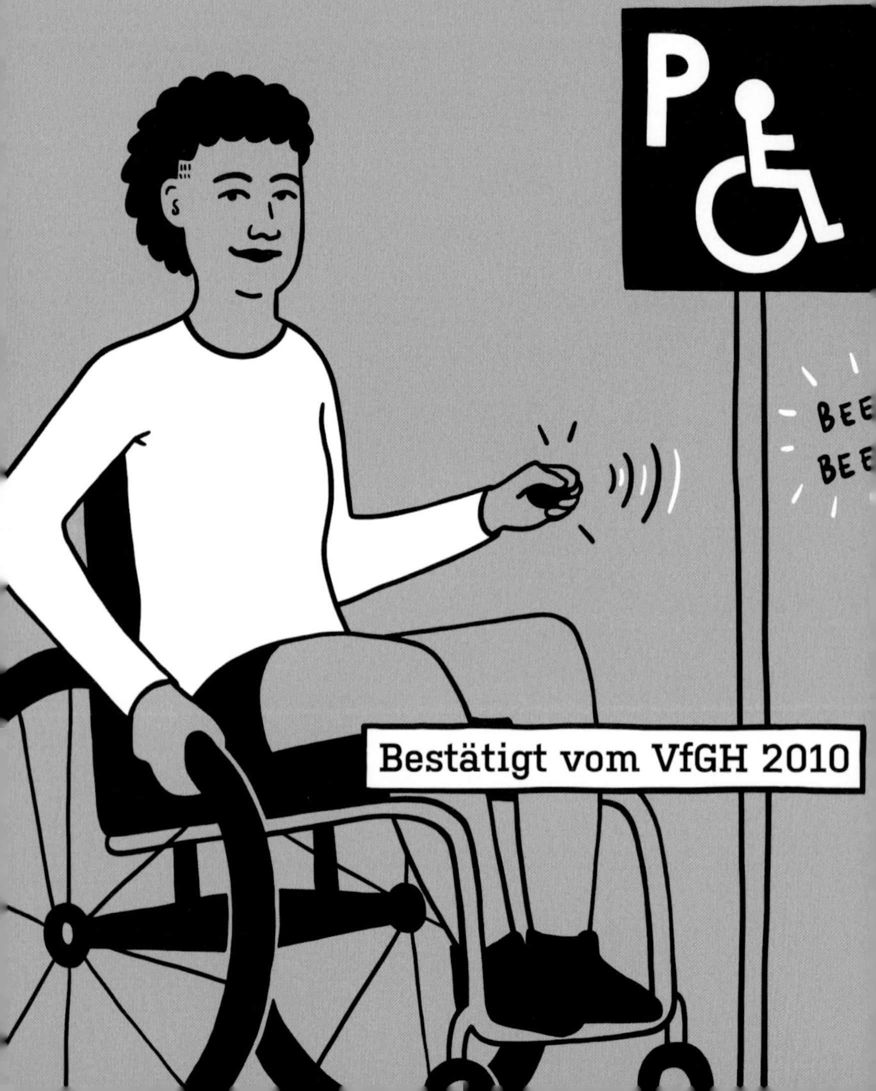


Bestätigt vom VfGH 2010

# Drittes Geschlecht ist ein Menschenrecht

Erkämpft vor dem VfGH 2018

Da fällt mir einiges ein, was ich vor Gericht bringen will.

Aber ich kenn' mich überhaupt nicht aus. Und die reden immer so, dass es niemand versteht.

Das stimmt, aber dafür gibt es Anwält:innen, die dir alles erklären und mit dir vor Gericht gehen.

Und was brauch' ich noch?

Geld, Zeit und Nerven! Gerichtsverfahren können sehr lange dauern und psychisch belastend sein. Außerdem kann es teuer werden. Aber wenn du kein Geld hast, kannst du zumindest Unterstützung* bekommen.

* Siehe S. 63

Puh, na dann ... los geht's ...

# Kann die Verfassung geändert werden?

Ja, die Verfassung wurde sogar schon ganz oft geändert! Was wir in Zukunft an ihr ändern wollen, hängt von uns allen ab.

z. B. →

Recht auf
gewaltfreies
Leben?

Recht auf
Schutz psychischer
Gesundheit?

Recht auf
leistbares
Wohnen?

Wahlrecht für alle,
die hier leben?

Recht auf Sicherung des Existenz-minimums?
Recht auf Klimaschutz?
Mehr direkte Demokratie?
Was denkst du?

„Ich gelobe, dass ich die Verfassung und alle Gesetze der Republik getreulich beobachten und meine Pflicht nach bestem Wissen und Gewissen erfüllen werde." So lautet die Formel, die jeder Bundespräsident – und vielleicht bald auch einmal eine Bundespräsidentin – bei seiner Amtseinführung spricht.

Die Bundesverfassung ist für mich als Bundespräsident der Rahmen, in dem ich mein Amt ausübe. Sie ist wichtig, wenn eine neue Regierung gebildet wird, und hilft mir, in schwierigen Situationen die richtigen Entscheidungen zu treffen.

Ich bin voller Bewunderung für Hans Kelsen und all jene, die an der Verfassung von 1920 mitgearbeitet haben. Es gibt nämlich kaum ein Ereignis, für das die Väter der Verfassung (es waren nur Männer) nicht vorausgedacht hatten!

Unsere Bundesverfassung ist wie eine Sammlung von wichtigen Regeln, die sagt, dass alle Menschen gleich und frei sind. Sie sorgt dafür, dass niemand zu viel Macht hat, indem sie die Aufgaben im Staat aufteilt. Unabhängige Gerichte passen auf, dass sich alle an die Regeln halten. Die Verfassung bestimmt auch, wer im Staat was machen darf und wie Politik funktioniert.

Vielen von uns ist die Bedeutung und der Inhalt der Bundesverfassung nicht bewusst. Es war daher eine tolle Idee, dass das Jüdische Museum Wien die Ausstellung „Was hat die Verfassung mit mir zu tun?" entwickelt hat. Die Grundkenntnisse der Bundesverfassung, die diese Ausstellung vermittelt, gibt es jetzt auch als Buch. Dieses Buch erklärt einfach, wie unsere Demokratie funktioniert, damit Kinder und Jugendliche verstehen, wie wir friedlich zusammenleben.

Aber nachdem es sich hier um ein Nachwort handelt, wissen das jetzt ja eh schon alle. :-)

Alexander Van der Bellen,
Bundespräsident

„Recht auf Klimaschutz? Wahlrecht für alle, die hier leben? Mehr direkte Demokratie? Was denkst du?" Diese Fragen richten sich an uns alle, vor allem aber auch an junge Menschen – schließlich geht es um eure Zukunft!

Um für eine lebendige Diskussion gerüstet zu sein, ist es wichtig, neugierig und informiert zu sein. So erfährt man, was bislang gut funktioniert hat. Unsere Verfassung gibt es nun schon seit über 100 Jahren und sie hat sich als sehr gut erwiesen – genauso wie die Grundrechte und Menschenrechte, die sie uns allen garantiert. Außerdem lernen wir, welche wichtigen Themen uns in Zukunft beschäftigen werden und wofür ein Staat bereit sein sollte, zum Beispiel für den Einsatz von Künstlicher Intelligenz.

Dieses Comic-Buch „Was hat die Verfassung mit mir zu tun?" leistet dazu einen wertvollen Beitrag. Es erklärt, was Begriffe wie Demokratie, Rechtsstaat und Verfassung bedeuten, und zeigt, dass sie alle eng miteinander zusammenhängen.

Zu wissen, was in der Verfassung steht, und zu verstehen, wie unser Staat funktioniert, ist für alle, die in Österreich leben, wichtig: Damit weiterhin alle Menschen in Österreich ein gutes Leben führen können – in einer Demokratie, die Mitbestimmung ermöglicht; in einem Rechtsstaat, in dem bestimmte Spielregeln für alle gelten; und mit einer Verfassung, die den Rahmen für ein friedliches Zusammenleben im Staat vorgibt!

Christoph Grabenwarter,
Präsident des Verfassungsgerichtshofes

# Hier bekomme ich Unterstützung …

- → Rechtliche Beratung
- → Informationen für Jugendliche

**Hol dir diese Infos aufs Handy!**

## DANK

Hanna Auerswald
Cornelia Bredt
Barbara Ebner
Helmut Graupner
Elisa Heinrich
Bettina Hofbauer
Felix Hofbauer
Fridolin Hofbauer
Johann Kirchknopf
Elio Maier
Melanie Metzler
Herwig Mitter
Marvin Mitterwallner
Britta Plankensteiner
Felix Rüker
Gerhard Schuster
Philipp Selim
Ingrid Spörk
Sandra Voser
Aisha Wafler

Dieses Buch ist in Zusammenarbeit zwischen dem MANZ Verlag und dem Jüdischen Museum Wien entstanden. Es basiert auf einer gleichnamigen Ausstellung, die das Jüdische Museum Wien in Kooperation mit der Seestädter Entwicklungsgesellschaft Wien 3420 aspern Development AG realisierte und die 2022/23 in aspern Seestadt im öffentlichen Raum zu sehen war.

WAS IST DER VERFASSUNGS-GERICHTSHOF?
WER WAR HANS KELSEN?
NACHHER
VORHER
Kaiser
DEMOKRATIE
MONARCHIE
WIE IST DIE VERFASSUNG ENTSTANDEN?
WAS IST DIE VERFASSUNG?
VERFASSUNG
Inhalte aus 3 Jahrhunderten!
Regelt, wie der Staat funktionieren soll
Grundlage für alle Gesetze
Garantiert: FREIHEIT, GLEICHHEIT, DEMOKRATIE, RECHTSSTAAT
„Österreich ist eine demokratische Republik. Ihr Recht geht vom Volk aus."
Kenn ich nicht.
START
Was hat die Verfassung mit mir zu tun?
Ausstellung am See
START

Adina Seeger ist Kuratorin am Jüdischen Museum Wien. Sie realisierte die Ausstellung „Hans Kelsen und die Eleganz der österreichischen Bundesverfassung“, die 2020/21 im Jüdischen Museum Wien und 2021-2024 am Juridicum der Universität Wien zu sehen war. Als Begleitband dieser Ausstellung erschien die Graphic Novel „Gezeichnet, Hans Kelsen“ von Pia Plankensteiner. Seeger ist die Co-Kuratorin der Ausstellung „Im Namen der Republik! Der Verfassungsgerichtshof und Hans Kelsen“ (seit 2022 am VfGH) und kuratierte die Outdoor-Ausstellung „Was hat die Verfassung mit mir zu tun?“ (2022/23, Seestadt), auf der das vorliegende Buch basiert.

Pia Plankensteiner zeichnet und schreibt Comics zu Gesellschaft, Recht, Politik und Feminismus. Seit 2019 macht sie sich gemeinsam mit der Kuratorin Adina Seeger immer wieder daran, die österreichische Bundesverfassung zu beleuchten. Ihre Comics finden in Ausstellungen, in Magazinen sowie auf wissenschaftlichen Veranstaltungen einen Platz und vermitteln komplexe Inhalte auf humorvolle Weise.

## IMPRESSUM

Konzept, Text, Recherche: Adina Seeger
Zeichnungen, Text, Konzept: Pia Plankensteiner
Grafische Gestaltung: Fuhrer, Wien
Druck: Gerin Druck GmbH, 2120 Wolkersdorf
ISBN: 978-3-214-25796-5



In Zusammenarbeit mit:

Jüdisches Museum Wien

Für freundliche Unterstützung danken wir:

aspern+ Die Seestadt Wiens